TROP CURIEUSES !

Vous aimez les livres de la série

Ballerine

**Écrivez-nous pour nous faire partager
votre enthousiasme :**

Pocket Jeunesse - 12, avenue d'Italie - 75013 Paris

Ballerine

Trop curieuses !

Antonia BARBER

Traduit de l'anglais par
Élizabeth Itaque

POCKET
jeunesse

Titre original :
In the Wings

Publié pour la première fois en 2000
par Puffin Books Ltd.

ISBN 2-266-12765-9

Tutus et pointes te font rêver ?
Comme Lucie et ses amies,
enfile justaucorps et chaussons,
pour faire tes premiers pas de danse.
Deviens une…

1

Signé Flora !

*L*e courrier !

Pas de doute, ce petit grincement était celui de la boîte aux lettres.

Lucie Lambert enfila son peignoir et fonça hors de la salle de bains.

— J'y vais ! cria-t-elle à sa mère.

Elle dévala l'escalier à toute vitesse.

Lorsque Lucie arriva essoufflée dans le hall, elle tomba… sur sa meilleure amie ! Emma Browne avait été la plus rapide.

— Tu as vu tous ces prospectus, ronchonna cette dernière. En plus, on les a en trois exemplaires : pour nous, pour toi et pour Mme Dillon !

Les parents d'Emma étaient propriétaires de l'immeuble où habitaient les deux filles. Les Browne occupaient le premier étage, tandis que Lucie logeait à l'entresol avec sa mère et son petit frère. L'appartement était un peu petit pour eux trois, mais Lucie n'aurait déménagé pour rien au monde. Elle vivait dans la même maison qu'Emma, le rêve ! Au troisième étage, il y avait Mme Dillon.

La vieille dame était une ancienne danseuse du Bolchoï. C'est elle qui avait donné ses premières leçons de danse à Lucie. La fillette l'aimait beaucoup.

Emma tendit un paquet d'enveloppes à Lucie :

— Tiens, c'est pour toi. Je vais porter son courrier à Mme Dillon.

Elle avait déjà monté quelques marches quand elle se retourna :

— Lucie, tu devrais aller t'habiller…

« Ouh là là, Emma a raison, songea la fillette. Je n'ai pas intérêt à être en retard. On a rendez-vous au marché avec Jeremy. »

Tout en rentrant chez elle, elle jeta un œil au courrier. « Tiens, une lettre de Cornouailles… sûrement mamie. »

Lucie reconnut l'écriture appliquée de sa grand-mère sur l'enveloppe.

Un timbre canadien attira alors son attention. « Ça, par contre, c'est tante Hélène », pensa-t-elle. Enfin, Lucie extirpa une carte postale représentant un garçon avec un chaton sur les genoux. Quelqu'un avait dessiné des petits points rouges sur son visage.

Elle retourna vivement la carte. Oh! elle était adressée à Emma et à Lucie. À côté de l'adresse, il était écrit en lettres majuscules : « Au secours, j'ai la varicelle, c'est l'horreur! » La carte n'était pas signée. Mais un indice fit deviner tout de suite le nom de l'expéditeur à Lucie : une petite fleur était dessinée dans le coin gauche. Flora!

Lucie courut annoncer la nouvelle à sa mère qui prenait son petit déjeuner.

— Pauvre Flora, ce doit être un cauchemar pour elle de rester au lit ! compatit Jenny. Elle qui ne tient pas en place.

Après avoir déposé la pile de lettres sur la table, la fillette s'installa et se servit un grand bol de céréales qu'elle arrosa de lait.

— C'est grave, la varicelle ? demanda-t-elle.

Elle avala une cuillerée de cornflakes.

— Non, pas vraiment. Mais c'est très ennuyeux. Tu es couverte de boutons rouges qui te démangent horriblement et tu dois rester chez toi à cause des risques de contagion.

— Avec tous ces boutons, Flora ne pourra pas faire de photos de mode, déclara Lucie.

Sa mère ne l'écoutait plus. Elle venait d'ouvrir la lettre de tante Hélène. Un grand sourire illumina soudain son visage.

— Lucie ! s'exclama-t-elle, tu vas enfin avoir un petit cousin !

— Génial ! se réjouit Lucie. Si seulement tante Hélène ne vivait pas si loin.

Lucie s'imaginait déjà en baby-sitter, prenant soin du nouveau-né…

— Que raconte grand-mère ?

Sa mère venait d'ouvrir la lettre venue de Cornouailles.

— Je crois qu'elle n'avait pas encore appris la bonne nouvelle au sujet de ta tante quand elle nous a écrit. Un de ses amis veut restaurer et aménager une vieille ferme pour en faire un gîte rural. Grand-mère a pensé que le père d'Emma pourrait travailler pour lui, puisqu'il est menuisier.

— Super bonne idée ! Je peux aller l'annoncer au père d'Emma ? supplia Lucie avant d'enfourner dans sa bouche une gigantesque cuillerée de céréales. Chai fichi mon bol, ch'il te chlait, maman ! balbutia-t-elle la bouche encore pleine.

— D'accord, d'accord, accorda Jenny.

Elle ne put s'empêcher de rire. Avec ses joues gonflées, Lucie ressemblait à un hamster.

— Habille-toi d'abord !

13

Trop curieuses!

Une heure plus tard, Lucie et Emma retrouvaient Jeremy sur la place du marché. En fait, Lucie avait deux meilleurs amis, Emma, bien sûr, et Jeremy. Ils avaient un point commun tous les trois : la danse. Ils étaient dans la même classe au cours Maple.

Les filles avaient hâte d'annoncer à Jeremy que Flora avait la varicelle. Quel scoop ! En effet, Jeremy connaissait Flora lui aussi. Les trois amis avaient rencontré la fillette au cours d'un stage de danse auquel ils avaient participé l'année précédente.

Mais, quand Lucie brandit la lettre de Flora d'un air solennel, Jeremy sortit de sa poche… une carte postale ! Flora lui avait écrit à lui aussi ! Sa carte représentait une fillette, couverte de boutons rouges. Les même mots désespérés étaient reproduits au dos de la carte.

— Ça doit vraiment être dur pour elle, dit Emma, d'un ton apitoyé.

— Oh, tu connais Flora, se moqua Jeremy. Elle exagère toujours.

— Arrête ! s'écria Emma. Je suis certaine qu'à sa place tu ferais moins le malin.

Jeremy haussa les épaules.

— Je ne risque rien. Nous avons vu Flora le week-end dernier et elle n'était pas encore malade.

— Faux ! répliqua Emma. J'ai bien attrapé la varicelle à cause de mon cousin ! Il avait passé la journée avec moi à la maison et il allait très bien. Sauf que le soir même, quand il est arrivé chez lui, il était couvert de boutons.

— Alors, tu as déjà eu la varicelle ? demanda Lucie.

— Oui, quand j'avais cinq ans. Et on ne peut pas l'attraper deux fois, expliqua Emma.

— Et quand est-ce qu'on sait qu'on est malade ? s'inquiéta Lucie.

— Oh, parfois la maladie ne se déclare qu'après plusieurs semaines !

Lucie se tourna vers Jeremy :

— Parfait ! Tu vois ce qui nous attend ! Jeremy la regarda fixement.

— Oh non ! s'écria-t-il soudain.

— Qu'est-ce qu'il se passe ? intervint Emma.

— Si Lucie et moi, on attrape la varicelle…

— … Adieu les auditions ! gémit Lucie.

2

La tension monte

Plus qu'une semaine avant les auditions du Royal Ballet ! Seuls les élèves
les plus prometteurs y étaient admis en
classes junior. Depuis que Lucie avait
été choisie avec Jeremy par leur professeur de danse pour passer devant le jury,
elle ne tenait plus en place. Il fallait
qu'elle soit prise, absolument ! Mainte-

nant que la date approchait, elle en faisait des cauchemars. Elle s'imaginait arrivant devant le jury, couverte des pieds à la tête par d'horribles boutons de varicelle.

Résultat : chaque matin, dès son réveil, elle fonçait sur le téléphone et composait le numéro de Jeremy pour lui poser LA question :

— Alors ? Est-ce que tu as des boutons ?

En grommelant, Jeremy répondait :

— Non, je n'ai pas la varicelle, Lucie. Est-ce que je peux aller me recoucher ?

Alors, seulement, Lucie poussait un soupir de soulagement et se calmait… jusqu'au matin suivant.

Elle n'arrêtait pas d'y penser : « Pourquoi je n'ai pas eu la varicelle à cinq ans, comme Emma ? Elle est la seule qui ne risque pas de l'attraper et elle n'a même pas d'audition ! »

Les jours passant, Lucie devenait de plus en plus anxieuse. Elle s'énervait pour un rien. Par exemple, quand sa mère lui avait demandé – gentiment – de ranger sa chambre, Lucie s'était mise en colère.

— Ce n'est pas ma faute si mes affaires traînent partout ! Ma chambre est minuscule ! Si j'avais une grande chambre comme celle d'Emma, avec plein de placards et d'étagères, elle serait toujours en ordre !

À peine avait-elle prononcé ces mots qu'elle les regretta. Car sa mère répliqua :

19

— Tu as raison, Lucie. Cet appartement est trop petit pour nous. Il faudrait qu'on déménage.

Aïe ! La dernière chose dont Lucie avait envie était d'aller vivre loin d'Emma !

— Ce n'est pas grave, Maman. Je l'aime bien, moi, ma petite chambre… dit-elle, radoucie.

Jenny passa un bras autour de ses épaules.

— Ma chérie, je sais bien que tu n'as pas envie d'être séparée de ton amie. Pourtant, Charlie grandit et, bientôt, nous aurons besoin de plus de place.

— Ne t'inquiète pas, Maman. On réussira à se débrouiller… Je te jure !

Lucie se dégagea des bras de sa mère et se mit à ramasser ses affaires :

— Je range ma chambre tout de suite, d'accord ?

Quand, un peu plus tard, Lucie raconta la discussion à Emma, son amie paniqua.

— Tu ne vas pas déménager ! Hein ?

— Je ne sais pas, marmonna Lucie. Maintenant que Maman a un travail…

Il ne manquait plus que ça. À présent, Lucie ne s'inquiétait plus seulement pour l'audition ou la varicelle. Elle avait aussi peur de quitter Emma. Grognon et soucieuse, elle avait bien du mal, chaque soir, à trouver le sommeil.

Le matin de l'audition, Lucie se réveilla avec un terrible mal de tête.

Aussitôt, sa mère prit sa température et vérifia qu'aucun petit bouton rouge n'était apparu.

— Ce doit être nerveux, conclut Jenny après l'avoir examinée. Tout est normal.

Lucie lui jeta un regard désespéré.

— Normal ? Moi, je ne me sens vraiment pas dans mon état normal ! Je vais mal danser et rater mon audition, c'est sûr !

— Écoute, tu vas prendre un cachet contre le mal de tête. Si à l'heure de l'audition tu ne te sens pas mieux, je demanderai aux professeurs de te faire passer un autre jour.

— Tu crois qu'on a le droit ? murmura Lucie.

— J'en suis certaine, affirma sa mère. Avale vite ça et va te recoucher.

Lorsque Lucie se réveilla une heure plus tard, la migraine avait disparu. Mais elle avait l'impression d'avoir le crâne rempli de coton. Elle téléphona à Jeremy… qui, lui, se portait à merveille ! Il tenta de la réconforter :

— Tout ça, c'est dans ta tête, Lucie ! Tu as juste le trac.

— Mmmhh. Tu as peut-être raison.

— Bon, on passe te chercher dans vingt minutes ! lança le garçon avant de raccrocher.

C'était le grand-père de Jeremy qui devait les emmener à l'audition. Lucie se sentit un peu soulagée. « Jamais je

n'aurais eu la force de prendre le métro,
songea-t-elle. Même si "tout ça, c'est
dans ma tête", comme dit Jeremy. »

3

Le grand jour

Lucie s'était imaginé des dizaines de fois l'école du Royal Ballet : une magnifique bâtisse blanche, entourée d'un grand parc… Eh bien, elle fut plutôt déçue : l'école se trouvait en plein centre ville, au carrefour de deux avenues bruyantes. Heureusement, à l'intérieur du bâtiment on n'entendait presque plus rien. Lucie se détendit un peu. Filles et garçons arrivaient par petits groupes. Certaines apprenties ballerines semblaient aussi effrayées que Lucie tandis que d'autres affichaient une belle assurance. Parmi ces dernières, évidemment, Lucie aperçut Angela, son ennemie du cours Maple. La peste adressa un petit signe à Jeremy et ignora Lucie.

Une jeune femme, mince et élégante, vint accueillir les nouveaux arrivants.

— Je m'appelle Katie. C'est moi qui vais m'occuper de vous jusqu'à l'audition, annonça-t-elle.

Elle cocha leurs noms sur une liste, disant à chacun un petit mot gentil. Puis elle les conduisit aux vestiaires.

Le grand jour

« Oh non », s'étrangla Lucie en voyant Jeremy s'éloigner. Elle n'avait pas pensé à cela : les garçons et les filles se changeaient dans des pièces différentes. Sans avoir pu lui souhaiter bonne chance, son ami disparut dans une autre salle.

Lucie sentit son courage faiblir. Une main se posa alors sur son épaule.

— Ça va aller, Lucie ?

La fillette tourna un visage inquiet vers sa mère.

— Bof, soupira-t-elle.

— Tu sais, il n'est pas trop tard pour repousser l'audition.

Quelle tentation ! Lucie faillit céder puis elle se ravisa. « Autant en finir aujourd'hui ! » songea-t-elle.

— Je vais y arriver, Maman.

Elle commença à se déshabiller. « Quand j'aurai mis ma tenue de danse, je me sentirai beaucoup mieux. »

Toutes les filles étaient prêtes : cheveux noués en chignon, justaucorps et collants enfilés. Katie les réunit alors :

— Vous allez à présent vous rendre dans le studio où se trouvent les juges. Vous devrez effectuer devant eux plusieurs pas de danse afin qu'ils puissent prendre leur décision.

Un murmure anxieux parcourut l'assemblée.

— Je sais que certaines d'entre vous sont angoissées, reprit Katie. Mais ne vous inquiétez pas. Faites tout simplement de votre mieux.

Le grand jour

Le moment de la séparation était venu. Lucie posa un baiser sur la joue de Jenny.

— Bonne chance, murmura cette dernière.

— Allez ! ordonna Katie. Toutes en rang et surtout, souriez !

Comme les autres, Lucie s'aligna et avança en pas glissés vers le studio. Elle avait bien du mal à sourire. Ses paupières lui paraissaient si lourdes ! Et ses jambes lui semblaient collées au sol.

Sur le chemin du retour, Lucie resta silencieuse. Calée sur la banquette arrière de la voiture, entre sa mère et Oriane Sinclair, elle écoutait Jeremy. Excité comme une puce, son ami racontait comment s'était déroulée son audition. Lucie, elle, se sentait nauséeuse et son mal de tête avait repris de plus belle. Et penser à l'audition ne la réconfortait pas. Un vrai désastre ! Lucie en était certaine : jamais elle ne serait acceptée. Tandis que Jeremy, lui, serait reçu avec cette peste d'Angela ! Une démangeaison au bras gauche détourna alors l'attention de la fillette. Elle souleva sa manche et ne put retenir un petit cri : de petits boutons rouges étaient apparus !

4

La varicelle

Le lendemain matin, Lucie fut réveillée par une furieuse envie de se gratter. Tout son corps la démangeait et elle était recouverte de boutons rouges. Bien sûr, être malade ne lui faisait pas plaisir. Mais elle était presque soulagée de savoir enfin pourquoi elle s'était sentie aussi mal, ces jours derniers. Si le trac avait été la cause réelle de sa nervosité, elle aurait pu dire adieu tout de suite à sa carrière de ballerine !

Son esprit était embrumé. Impossible de se repasser le film de la journée précédente. Seul le souvenir douloureux de l'audition lui restait en mémoire. Ensuite : le vide.

De petits coups furent frappés à la porte, et le visage de Jenny Lambert apparut.

— Tu es réveillée, Lucie ? Comment ça va ?

— Mal. D'abord j'ai la migraine et puis ça me gratte.

— Tu n'iras pas à l'école pendant quelques jours. Tu verras, ça va s'arranger. Mais surtout ne t'écorche pas. Sinon les boutons risquent de s'infecter et tu garderas des cicatrices.

Lucie soupira mais promit de rester tranquille. Pour l'y aider, sa mère lui appliqua une pommade apaisante. C'était efficace, sauf qu'à présent Lucie était couverte de boutons rouges *et* de taches blanches. Comme un champignon vénéneux !

Alors qu'elle observait le désastre dans le miroir, Emma surgit en robe de chambre pour prendre des nouvelles de son amie.

— Regarde de quoi j'ai l'air ! se lamenta Lucie en retournant dans son lit.

Emma lui adressa un petit sourire compatissant.

— Tu crois que Jeremy est malade ? reprit Lucie.

Savoir que quelqu'un d'autre devait supporter ces horribles pustules rouges l'aurait sans doute réconfortée.

— Attends, je lui téléphone, déclara Emma en se précipitant hors de la pièce.

Elle revint quelques minutes plus tard.

— Ça y est ! Jeremy est malade, lui aussi !

— Dommage, il ne pourra plus se moquer de moi, dit Lucie.

Et, comme parler la fatiguait, elle tira la couette par-dessus sa tête.

5

Une sacrée découverte

— *T*u as beaucoup de boutons ?

Lucie était assise près du téléphone, enroulée dans sa couette.

— Seulement six ! s'exclama gaiement Jeremy.

Il n'avait pas l'air de souffrir de maux de tête.

— Eh bien, je te parie que demain tu en auras des tonnes et que tu te sentiras horriblement mal, répliqua Lucie.

— Pas sûr. Grand-mère dit qu'on peut avoir la varicelle et presque pas de boutons.

— C'est pas juste, grogna Lucie.

Elle entendit Jeremy éclater de rire à l'autre bout du fil. Lucie était contente d'avoir quelqu'un à qui parler pendant qu'Emma était à l'école. Leur conversation fut interrompue par Jenny. Elle avait besoin de la ligne téléphonique pour utiliser Internet.

La mère de Lucie travaillait pour un professeur. Elle l'aidait dans ses recherches. Ce travail lui plaisait beaucoup et lui permettait de rester à la maison pour s'occuper de Charlie et de Lucie. En plus, grâce à son salaire, la vie était beaucoup plus douce pour la famille Lambert. Alors, sans rechigner, Lucie raccrocha.

— J'ai emprunté des cassettes pour toi à la bibliothèque. Pourquoi n'irais-tu pas les écouter tranquillement dans ton lit ?

Cette idée plut à Lucie. Elle passa donc l'heure suivante sous sa couette à écouter une histoire de fées et de princesses.

Soudain, elle eut envie de boire quelque chose. Elle appuya sur la touche stop de son radiocassette. Des voix lui parvinrent alors du salon. Elle entendit rire sa mère. « Avec qui parle-t-elle ? »

se demanda Lucie. Elle se leva et ouvrit la porte de sa chambre. Sa mère discutait avec un homme ! Ils avaient plutôt l'air de bien se connaître et de bien s'entendre.

Lucie se renfrogna. Qui était ce monsieur ? Elle songea à Paul Purvis. Elle n'avait pas oublié ce qui lui était arrivé. La mère de son ami s'était remariée et la vie du garçon avait été complètement chamboulée. Paul avait bien insisté : « J'espère pour toi que ta mère ne se remariera jamais. »

Lucie s'avança à pas de loups vers la porte du salon.

La porte était entrouverte. Par chance, Jenny et l'homme avaient les yeux fixés sur l'écran de l'ordinateur. Ils ne pouvaient pas remarquer Lucie.

« Je l'ai déjà vu quelque part », songea la fillette en observant l'inconnu. Après un instant de réflexion, elle se souvint : c'était l'homme avec qui parlait sa mère au marché, le jour où Lucie avait bu un Coca en compagnie de Paul. Et elle l'avait aussi vu à la fête organisée par Oriane Sinclair après l'examen de danse de fin d'année [1].

Lucie sentit la colère monter en elle : « Ma mère ne m'a jamais parlé de lui ! » C'est alors qu'Anastasia et Valentina, les deux chatons, surgirent. Ils se frottèrent un instant contre les jambes de Lucie en ronronnant puis ils poussèrent la porte du salon. Elle s'ouvrit avec un

1. Voir Ballerine t. 9, *Lucie a des soucis*.

grincement qui fit lever les yeux à l'inconnu. Il aperçut alors Lucie et la surprise se dessina sur son visage. Jenny Lambert suivit son regard :

— Coucou, Lucie ! Comment te sens-tu ? Je te présente le professeur Templar.

6

Une idée de génie

Le professeur Templar était l'homme
pour qui travaillait sa mère. Il ne ressemblait pas du tout au portrait que
Lucie s'en était fait. Pour elle, un professeur était forcément vieux, chauve,
barbu et portait des lunettes. M. Templar
n'était rien de tout ça. Il sourit à Lucie
et la salua chaleureusement.

Lucie répondit du bout des lèvres. Elle jeta un regard sur les tasses de café posées à côté de l'ordinateur.

— Je meurs de soif ! déclara-t-elle d'un ton accusateur en se tournant vers sa mère.

Jenny avait préparé du café pour M. Templar et n'avait même pas pensé à sa propre fille !

— Je croyais que tu dormais, répliqua doucement Jenny.

— Eh bien, tu t'es trompée !

Lucie sentait bien qu'elle était injuste, mais elle ne pouvait s'empêcher d'être en colère contre sa mère.

Un coup d'œil à sa montre, puis le professeur Templar se leva :

— Je vous laisse travailler, Jenny. Merci pour le café et repensez à ce que je vous ai dit…

— Je n'y manquerai pas.

Lucie suivit des yeux le professeur, que sa mère raccompagnait jusqu'à la porte. « C'est moi qui l'ai fait partir, pensa la fillette. Eh bien, tant mieux ! »

Jenny revint dans la pièce et jeta un regard pensif sur sa fille :

— Quelque chose ne va pas ?

Lucie aurait voulu avouer à sa mère qu'elle avait peur qu'elle ne se remarie, mais elle n'osa pas.

— C'est à cause de l'audition. J'ai été vraiment mauvaise et les juges ne savaient pas que j'étais malade…

43

Jenny sourit :

— Je les ai appelés, chérie. Ils sont au courant pour ta varicelle.

— Alors, j'aurai le droit de repasser une audition ? s'écria Lucie.

— Non. Mais je suis sûre que tu seras prise.

Lucie se sentit abattue. « Ça m'étonnerait ! Ils ont juste pensé que j'étais nulle ! » Elle poussa un soupir à fendre l'âme et retourna dans sa chambre en traînant des pieds.

Le lendemain, les boutons commencèrent à disparaître. Lucie aurait dû s'en réjouir… sauf que d'autres petites taches rouges apparaissaient !

— Heureusement que Jeremy ne me voit pas ! dit-elle à sa mère.

Jenny eut l'air ennuyée :

— Oriane a proposé qu'il passe l'après-midi avec toi. Je vais donc lui répondre que…

— Non, Maman ! la coupa Lucie. À quelle heure il vient ?

Jenny lança un regard moqueur à sa fille :

— Tu as changé d'avis…

— Eh bien, entre s'ennuyer et se faire taquiner, je choisis la deuxième solution ! affirma Lucie.

— Quel est ton programme aujourd'hui ?

Lucie fit la moue :

45

— J'sais pas. Écouter une cassette, peut-être…

— Moi, j'ai une idée, répliqua Jenny, d'un air mystérieux.

Elle n'avait pas oublié la discussion qu'avait eue Lucie avec Jeremy en revenant de leur week-end chez Flora [1]. Jeremy affirmait qu'il ne voulait pas devenir un danseur classique. Ce dont il avait envie, c'était de jouer dans des comédies musicales… comme Flora. Lucie n'était pas du tout d'accord : elle rêvait que le garçon soit son partenaire le jour où elle serait devenue une grande danseuse étoile.

1. Voir Ballerine t. 10, *Comme dans un rêve.*

— Voilà, reprit Jenny. Tu pourrais chercher des vidéos de ballets dans lesquels les garçons ont un rôle important et passionnant, pour convaincre Jeremy. *Le Corsaire*, par exemple.

— Oh oui ! s'écria Lucie.

— Veux-tu que nous cherchions ensemble sur Internet si la vidéo est disponible ?

— Maman, tu es géniale !

Jenny montra à Lucie comment faire. La fillette découvrit que deux ballets étaient disponibles à la médiathèque : *Le Corsaire*, interprété par la troupe russe du Kirov, et *Spartacus*, dansé par la célèbre compagnie du Bolchoï.

Lucie s'empressa de réserver les deux vidéos par téléphone.

— J'irai les chercher après déjeuner,
promit Jenny.

— D'accord !

— Et maintenant, à table !

7

Un plan d'enfer

Lucie avait tout préparé. La cassette vidéo de *Spartacus* était rembobinée et attendait dans le magnétoscope qu'on appuie sur la touche « lecture ».

Si la fillette avait déjà vu *Le Corsaire*, elle ne savait rien de *Spartacus*. Grâce à la jaquette de la vidéo, elle avait découvert que Spartacus, le héros, était un esclave qui avait pris la tête d'une révolte contre le pouvoir romain. Elle avait hâte de voir le ballet… et Jeremy.

Quand son ami arriva quelques minutes plus tard, Lucie lui laissa à peine le temps de poser son manteau. Elle l'installa aussitôt devant la vidéo de *Spartacus*. Dès la scène d'ouverture, il fut charmé, Lucie le devina. D'abord, il était ébahi devant le nombre de danseurs sur scène : aucune ballerine en vue, au moins quarante hommes jouaient l'armée romaine. Et près d'une vingtaine d'excellents danseurs – les esclaves – les affrontaient dans d'incroyables scènes de combat.

Spartacus apparaissait dans le premier acte. Il était le plus beau et le plus grand des prisonniers. Quand les Romains, armés de fouets, tentèrent de lui enlever Phrygia, sa femme, il fit tout pour la protéger. Hélas, le couple fut séparé et Spartacus forcé de devenir gladiateur.

Dans le second acte, Spartacus menait une révolte contre les Romains. Victorieux, il retrouvait Phrygia et dansait avec elle un magnifique pas de deux. Lucie, fascinée, rêva qu'un jour elle danserait ce rôle.

Un coup d'œil vers Jeremy lui suffit pour savoir ce qu'il pensait. Il était très concentré et ses yeux étaient carrément scotchés à l'écran. Il n'entendit même pas Jenny quand elle leur proposa de boire quelque chose. Lucie et sa mère échangèrent un regard complice. Tout marchait comme prévu !

Emma passa voir Lucie après l'école et le cours de danse. Celle-ci lui raconta sa journée.

— J'aurais adoré voir *Spartacus*, moi aussi, fit Emma, déçue.

— Si tu veux, on peut le regarder maintenant.

Emma semblait hésiter :

— Le problème, c'est que je dois faire mes devoirs…

— Je sais ! s'écria Lucie. Tu prends ton goûter avec moi devant la télé et après tu t'occupes de tes devoirs.

Aussitôt dit, aussitôt fait. Les deux amies s'installèrent dans le canapé avec leur quatre heures et regardèrent la vidéo. Lucie passa en accéléré les scènes de batailles afin qu'Emma puisse voir le superbe pas de deux entre Spartacus et Phrygia.

— C'était super ! s'exclama Emma, à la fin du spectacle. Et Spartacus est si beau…

— Et si grand, compléta Lucie. Même quand Phrygia est sur les pointes, il la dépasse.

— Et si fort ! Il la soulève comme une plume.

Pensives, elles gardèrent le silence un instant. Lucie prit soudain la parole :

— Tu crois que Jeremy sera aussi grand ?

— Son grand-père mesure au moins 1 mètre 80, répliqua Emma.

Lucie replongea dans ses pensées. Elle tentait d'imaginer Jeremy la portant sans effort, d'un seul bras.

— Tu ressembles un peu à Phrygia, déclara son amie.

Lucie éclata de rire :

— Pas en ce moment, en tout cas !

Emma contempla d'un air désolé le visage constellé de boutons de Lucie.

— Mais ça ne va pas durer.

Lucie revit le beau visage pâle de Phrygia.

— Je l'espère, murmura-t-elle.

8

Bravo, Lucie !

Jeremy rendit à nouveau visite à Lucie le lendemain. Ils regardèrent ensemble *Le Corsaire*. Il y avait de beaux passages dans lesquels les danseurs étaient particulièrement mis en valeur. Mais Lucie et Jeremy préféraient quand même *Spartacus*. Ils décidèrent donc

de visionner ce ballet une fois encore.
La fin du spectacle les émut à nouveau.
Spartacus y était trahi et les Romains le
tuaient. Jeremy ne put se contenir :

— Ça, c'est un ballet !

— Un ballet qui vaut aussi la peine
d'endurer tous ces cours et ces entraîne-
ments ? demanda malicieusement Lucie.

— Moui, répliqua Jeremy, un sourire
aux lèvres.

Lucie se contenta de cette petite vic-
toire. Mais elle aurait aimé savoir si,
maintenant, Jeremy était prêt à choisir
le ballet plutôt que les comédies musicales...

— On pourrait louer une autre cassette pour demain, proposa-t-elle.

Jeremy eut l'air gêné.

— Je vais à l'école demain.

Lucie le fixa avec des yeux ébahis :

— Et la varicelle ? Tu es tombé malade après moi !

— Je n'ai pas eu d'autres boutons, répliqua Jeremy.

Lucie se sentit terriblement abattue. Est-ce qu'un jour, tout de même, elle pourrait retourner à l'école et reprendre les cours de danse ?

— J'ai été malade pour l'audition et je n'ai pas dansé depuis si longtemps que je vais rater aussi l'examen de fin d'année, bougonna-t-elle. C'est pour bientôt, hein ?

— Dix jours.

— Au secours ! gémit Lucie. Cette peste d'Angela va obtenir le premier prix !

— Ne t'inquiète pas, Lucie. Tu seras bientôt guérie, la réconforta Jeremy.

Un peu plus tard, Lucie et sa mère regardèrent par la fenêtre Jeremy s'en aller. Il expliquait à sa grand-mère à quel point il avait aimé *Spartacus*.

— Bien joué, Lucie, la félicita Jenny.

— C'était ton idée, répliqua la fillette.

Elles échangèrent un sourire.

Ce soir-là, Emma vint chez les Lambert avec de bonnes nouvelles.

— Mon père va travailler pour l'ami de tes grands-parents ! Tu sais, celui qui habite en Cornouailles et dont parlait ta grand-mère dans sa lettre.

— Super ! s'exclama Lucie.

— Et nous allons peut-être rejoindre Papa là-bas. On y passera presque tout l'été.

— Tout l'été !

— Oui, c'est chouette, hein ? Toi tu y seras aussi, chez tes grands-parents.

— Oui, rétorqua Lucie. Mais nous n'y restons que deux semaines. Nous allons encore être séparées super long-temps. Moi, j'en ai assez d'être toute seule !

Emma réfléchit un moment.

— Tu pourrais rester avec nous après tes vacances chez tes grands-parents. Je vais en parler à ma mère tout de suite.

Elle avait déjà la main sur la poignée de la porte quand elle s'arrêta net.

— J'ai oublié…

Soudain, Emma avait l'air soucieux. Lucie lui lança un regard interrogateur.

— J'ai surpris une conversation. Mon père disait à ma mère : « Lucie va enfin avoir une plus grande chambre. Ce sera beaucoup mieux pour elle. » Ils ont arrêté de parler quand je suis entrée.

Emma resta silencieuse un instant, puis reprit :

— Tu vas vraiment déménager ?

Lucie devint toute pâle. « C'est à cause du professeur Templar ! Je ne m'étais pas trompée ! » Elle décida de tout raconter à Emma. Son amie l'écouta, stupéfaite.

— Et à quoi il ressemble, ce professeur Templar ? demanda-t-elle.

— Pas mal, enfin je crois, répondit Lucie. Mais ce n'est pas le problème. Je ne veux pas d'un beau-père, pas après ce qui est arrivé à Paul.

— C'est vrai que Paul s'est beaucoup disputé avec son beau-père au début. Sauf qu'aujourd'hui ils s'entendent bien.

Les paroles d'Emma étaient loin de réconforter Lucie.

— Tu ne comprends pas ! Il veut sans doute nous faire habiter dans sa maison !

— C'est ce que voulait dire mon père, quand il parlait de ta chambre ? balbutia Emma.

— Tu as une autre idée ?

— Il n'y a qu'une solution, Lucie : poser la question à ta mère.

Mais Lucie secoua vigoureusement la tête. Elle avait bien trop peur que sa mère ne lui annonce une mauvaise nouvelle.

9

Catastrophe !

« *E*ncore une horrible journée ! » Lucie se sentait mieux maintenant et elle en avait assez d'être à la maison.

— Si tu n'as pas de nouveaux boutons, tu retournes à l'école demain, annonça Jenny au petit déjeuner.

Et, après avoir examiné Lucie sous toutes les coutures, elle n'en trouva aucun. Enfin une bonne nouvelle !

Cet après-midi-là, le professeur Templar vint chez les Lambert. De sa chambre, Lucie aperçut sa voiture, garée devant la maison. Elle fonça – discrètement – vers le salon où se trouvaient sa mère et le professeur Templar… Ce qu'elle entendit alors la désespéra.

— C'est une grande décision, Michael. Je dois d'abord penser aux enfants, dit sa mère à M. Templar.

— Je sais que ce sera difficile au début. Mais pense à l'avenir, ce sera mieux pour vous tous, répondit ce dernier.

Lucie en avait assez entendu. En silence, elle retourna dans sa chambre.

« C'est vrai alors, songea-t-elle. Maman va se remarier… » Elle sentit les larmes lui piquer les yeux.

Le lendemain, Lucie retourna à l'école comme prévu. Heureusement, les boutons s'étaient atténués et elle n'eut pas à supporter les taquineries des autres élèves. Et puis surtout, elle retrouva le cours Maple ! Lucie était ravie. Mais l'examen de fin d'année avait lieu dans moins d'une semaine maintenant. Elle n'avait pas beaucoup de temps pour se remettre à niveau.

Dès le début de la séance, elle sentit le temps passé loin du studio de danse : ses bras et ses jambes semblaient avoir oublié les positions les plus simples, elle devait se concentrer sur chaque mouvement. « Et si Mme Dennison décidait que je n'ai pas le niveau pour passer en classe supérieure ? » se demandait-elle sans cesse. Mais la professeur la félicita :

— Bravo, Lucie, tu as travaillé dur aujourd'hui.

Sur le chemin de la maison, alors qu'elle marchait en compagnie de Jeremy et Emma, Lucie se sentit bien pour la première fois depuis longtemps. Elle était heureuse de retrouver ses habitudes et que tout redevienne comme avant.

— J'ai parlé de Spartacus à mes grands-parents ! déclara Jeremy. Et devinez quoi ? Ils m'ont promis de m'emmener voir le ballet du Bolchoï, la prochaine fois qu'il danserait à Londres.

— On pourrait y aller tous ensemble, proposa Lucie. Ce serait super !

Emma posa alors la question qui brûlait les lèvres de Lucie :

— Jeremy, tu préfères le ballet à la comédie musicale, finalement ?

Il lui lança un regard malicieux :

— Si je peux danser *Spartacus*… pourquoi pas ?

Puis il ajouta :

— Pas la peine de le répéter à tout le monde, je changerai peut-être d'avis… !

— Motus et bouche cousue ! promirent les deux filles d'une même voix.

Le jour de l'examen de fin d'année, Lucie n'avait plus aucune trace de varicelle sur le corps. Mais elle savait qu'elle n'avait pas retrouvé son meilleur niveau.

— Souris, l'encouragea Jeremy. Je suis sûr que tout va bien se passer.

Voyant que Lucie était toujours aussi morose, il reprit :

— Tu sais que tu es douée, Lucie. Tu as toujours été parfaite, surtout devant un public.

Lucie secoua la tête :

— Un examinateur, ce n'est pas pareil. Tu comprends, le public a envie de t'aimer, de te voir. Il ne cherche pas la petite erreur que tu vas faire.

Elle dansa de son mieux, mais après coup, alors qu'elle mangeait un gâteau avec Jeremy et Emma, elle repensa tristement à tout ça. « L'examen est arrivé trop tôt. Il m'aurait fallu une semaine de plus pour m'entraîner… »

10

La lettre

Le lendemain, une bonne nouvelle attendait Lucie à son retour de l'école.

— Ta grand-mère a téléphoné, annonça Jenny. Elle et grand-père vont partir au Canada cet été pour rendre visite à tante Hélène et à son bébé. Et devine ? Elle voudrait que l'on garde la maison durant leur absence !

— Génial ! s'écria Lucie. Emma pourra venir avec nous ?

— Évidemment ! Sa mère et son père aussi.

Lucie courut l'annoncer à Emma. Excitées et heureuses, elles rirent et sautillèrent en tous sens.

— Et la cerise sur le gâteau, c'est que ma mère ne *le* verra pas pendant tout ce temps !

Emma n'eut pas à demander de qui parlait Lucie.

Enfin ! Les résultats de l'examen étaient tombés. Lucie n'osait pas s'approcher du panneau d'affichage. Mais elle n'en eut pas besoin. Le regard de Jeremy lui suffit.

— Tu as eu un prix ? demanda-t-elle.

— Oui, le premier, répondit-il d'un air morne.

— Génial ! Et Emma ? demanda Lucie, le cœur battant.

— Elle a les encouragements.

— Elle va être super-contente !

— Lucie, tu as eu les félicitations. Vu que tu as été malade, c'est vraiment bien…

La gorge de Lucie se serra.

— Merci, Jeremy.

Mais elle pensait à l'année précédente et au premier prix qu'elle avait obtenu.

— Et Angela ? reprit-elle.

— Comme toi.

Cette nouvelle réconforta un peu Lucie. Au moins, la peste ne pourrait pas la narguer avec un premier prix ! Elle afficha un large sourire et partit féliciter Emma.

Lucie essayait de ne pas penser au Royal Ballet. Elle savait bien que si les résultats mettaient tellement longtemps à arriver, c'était parce que les auditions se déroulaient sur plusieurs semaines. De toute façon, Lucie en était sûre : Jeremy serait pris et Angela aussi. Quand elle, elle serait refusée. Et rien ne serait plus pareil. Jamais elle ne pourrait supporter d'entendre cette peste d'Angela raconter dans les vestiaires du cours Maple à quel point les cours du Royal Ballet sont géniaux.

La lettre

Un jour, en rentrant de l'école, Lucie trouva sa mère sur le pas de la porte. Elle l'attendait, une enveloppe à la main. Lucie devint toute pâle.

— C'est pour toi, annonça sa mère.

Lucie déplia la feuille en tremblant. Son cœur battait à cent à l'heure. Elle lut à voix haute :

« *Chère madame Lambert,*

Nous serons heureux d'accueillir votre fille, Lucie… »

Lucie éclata en sanglots. Jenny la prit dans ses bras.

— Idiote, pourquoi pleures-tu ? dit-elle tendrement. Tu devrais être heureuse.

— Mais je *suis* heureuse, fit Lucie en reniflant. Et Jeremy ?

— Son grand-père a téléphoné. Il est pris lui aussi.

Jenny prépara deux tasses de chocolat chaud et elles s'installèrent dans la cuisine. Lucie relisait la lettre encore et encore.

— Maintenant, tu n'as plus d'excuses pour faire la tête, la taquina Jenny.

Lucie soupira. Puis elle sourit, comme pour se rattraper. Mais impossible de mentir à sa mère.

— Allez, Lucie. Dis-moi ce qui te tracasse…

La fillette se jeta à l'eau, ou presque.

— Emma a entendu son père… il disait que j'allais avoir une plus grande chambre… alors j'ai pensé qu'on allait déménager…

— Ce n'est que ça ?! s'exclama Jenny. Eh bien, c'est vrai. Tu vas avoir une plus grande chambre… mais nous ne déménageons pas.

— Comment ça ?

— Pendant que nous serons chez tes grands-parents, il y aura des travaux ici. Une pièce de plus va être construite, derrière la maison. Ce sera ta nouvelle chambre !

Lucie n'en croyait pas ses oreilles.

— Pourquoi tu ne m'en as pas parlé ?

— Monsieur Browne voulait te faire une surprise. C'est son idée.

Lucie réfléchit à toute vitesse. S'ils ne déménageaient pas, cela signifiait que sa mère n'allait pas se remarier… à moins que…

— Lucie, vas-tu enfin me dire ce qui t'inquiète ? Vraiment.

Alors la fillette se décida à parler du professeur Templar. Quand elle eut fini son récit, Jenny avait l'air stupéfaite.

— D'après toi, de quoi parlait-on avec le professeur Templar ? demanda-t-elle.

Lucie déglutit avec difficulté. Elle murmura :

— Je croyais… que vous alliez vous marier…

Jenny regarda fixement sa fille, puis elle éclata de rire. Un long rire qui n'en finissait pas. Elle reprit enfin son souffle.

— Lucie, quand cesseras-tu d'écouter aux portes ? Le professeur Templar me parlait de l'université ! Il pense que je devrais reprendre mes études. Tu sais, j'ai tout abandonné en licence pour me marier avec ton père et je suis tout de suite tombée enceinte. Le problème, c'est que si je retourne à l'université, je ne pourrai plus travailler et nous aurons donc moins d'argent.

Soudain, Lucie réalisa combien elle avait été idiote.

— Donc, conclut Jenny, la prochaine fois, parle-moi avant de te faire des idées. Promis ?

— Promis ! fit Lucie en déposant un gros baiser sur la joue de sa mère.

Finalement, tout se terminait bien !

Elle entendit la porte d'entrée s'ouvrir.

— Ça doit être Emma ! s'écria-t-elle. Il faut que je lui annonce toutes ces bonnes nouvelles !

Tu as aimé
Trop curieuses !
alors retrouve vite les héros de

Ballerine

avec cet extrait de :
Comme dans un rêve

[...]

Un vieil ascenseur grinçant les conduisit jusqu'au dernier étage. Ils décou-
vrirent une pièce immense, éclairée par
de grandes fenêtres qui donnaient sur le
fleuve. Le plafond était très haut et qua-
drillé de rangées de spots éblouissants.
C'était donc ça, un studio-photo ! Au
milieu, sur une petite estrade se tenaient
trois filles coiffées exactement comme
Flora Rose. Seule la couleur de leurs

cheveux était différente. Violet pour l'une, rose et vert pour les deux autres. Elles portaient des justaucorps à paillettes et des collants brillants assortis à leurs cheveux.

Jeremy, Lucie et Emma ouvraient de grands yeux. Mme Greene leur trouva des chaises dans un coin. Ils se firent tout petits lorsqu'une jeune femme surgit, un bloc-notes à la main.

— Flora ! cria-t-elle. On n'attendait plus que toi.

— Ça va, Suzie ! De toute façon, Barry n'est pas encore prêt, répliqua leur amie.

Elle leur fit un signe de la main avant de disparaître par une petite porte tout au fond du studio.

La mère de Flora aidait Barry à installer son appareil photo sur un pied quand une femme en tailleur entra dans la pièce. Elle était en train de téléphoner avec son portable.

— Rappelez l'agence ! Elles devraient déjà être là depuis une demi-heure !

Elle raccrocha brusquement et dit à Suzie :

— J'avais pourtant prévenu l'agence que la séance photos était reportée à aujourd'hui ! Bien sûr, ils ont oublié. Résultat : on n'a pas de mannequins pour les pages « danse classique » !

— Et si on prenait les mêmes que pour le modern jazz ? suggéra Suzie.

Celle en tailleur lui lança un regard noir :

— Avec leurs coiffures de clown ? Ne sois pas idiote ! Bon, je retourne en bas les guetter…

Sur ce, elle ressortit de la pièce, en composant un nouveau numéro sur son portable.

— Oh, là, là ! On se croirait dans un film ! murmura Jeremy.

— C'est génial, renchérit Lucie. Dire que Flora vit ça tous les jours !

Juste à ce moment-là, la fillette sortit de la loge vêtue d'un justaucorps bleu à paillettes, parfaitement assorti à ses cheveux.

Les autres filles, en rose, violet et vert, étaient déjà installées sur l'estrade. Suzie leur fit prendre différentes poses. Elles devaient sauter en l'air avec les bras et les jambes écartés.

Barry, le photographe, leur donnait des instructions :

— Allez-y, les filles ! Sautez ! Oui, c'est ça ! Restez naturelles ! C'est bien.

— Quel boulot, commenta Jeremy.

— Je ne savais pas que les mannequins devaient sauter dans tous les sens comme ça, s'étonna Emma. Au contraire, je croyais qu'ils ne devaient pas bouger pendant qu'on les photographiait.

Soudain, un grand bruit les fit sursauter. Cling ! Clong ! Un trépied venait de s'effondrer. Barry l'avait renversé avec ses béquilles.

— Zut ! pesta-t-il. Je n'y arriverai jamais, je ne tiens pas debout ! Flora, où sont passés tes amis ?

— On est là, souffla Lucie d'une petite voix.

— Venez, vous allez vous rendre utiles.

Jeremy, Lucie et Emma se levèrent d'un bond et le rejoignirent.

— Toi, tu vas t'occuper des objectifs, dit Barry en tendant une grande mallette à Jeremy.

Emma fut chargée des filtres et Lucie des accessoires.

— Voilà, dorénavant, vous êtes mes assistants. Vous me passerez le matériel dès que je vous appellerai, OK ? demanda le photographe.

— OK !!! répondirent-ils d'une seule voix.

La maquilleuse vint repoudrer les visages de Flora et des trois autres filles, puis le travail reprit.

Les mannequins devaient sauter, faire la roue ou le poirier… tandis que

Barry les mitraillait avec son appareil photo.

— Relève la tête… là, oui, très bien ! Un grand sourire maintenant… Oui, c'est ça ! Encore…

Chaque fois qu'il demandait un filtre ou un nouvel objectif, Jeremy ou Emma accourait avec le matériel. Lucie dut tenir à bout de bras un réflecteur : une sorte de gros parapluie blanc qui renvoyait la lumière vers les mannequins. C'était drôlement plus amusant que de rester à regarder !

Après chaque série de photos, les mannequins retournaient dans la loge. Quand les filles revenaient avec d'autres tenues, Barry mettait une nouvelle pellicule dans son appareil et c'était reparti… Parfois, elles devaient jouer avec des cerceaux ou des ballons pour rendre les photos plus amusantes. Bref, un sacré boulot pour les mannequins, le photographe… et ses assistants !

En plus, Jeremy, Lucie et Emma commençaient à avoir faim.

— Pause après la prochaine prise, décida la mère de Flora.

Mme Greene commanda une pizza. Juste au moment où elle raccrochait le téléphone, la femme en tailleur réapparut. En voyant Lucie et ses amis, elle écarquilla les yeux.

— Ils sont arrivés et personne ne m'a prévenue !

— Calme-toi, Éléonore, fit Mme Greene. Ce n'est pas…

— Que je me calme ? Je cherche ces gamins depuis des heures !

— Ce sont des amis de Flora, ce ne sont pas des mannequins !

Éléonore la regarda, incrédule. Elle se tourna vers Lucie, Jeremy et Emma, les observa, puis, avec un petit sourire, elle répliqua :

— Eh bien, aujourd'hui, je vais en faire des stars !

Composition : Francisco *Compo*
61290 Longny-au-Perche

Impression réalisée sur Presse Offset par

BRODARD & TAUPIN

GROUPE CPI

La Flèche (Sarthe), le 18-06-2003
N° d'impression : 17739

Dépôt légal : juillet 2003

Imprimé en France

 12, avenue d'Italie • 75627 PARIS Cedex 13

Tél. : 01.44.16.05.00